L'ART
DE VIVRE HEUREUX
SUR LE THÉATRE
DU MONDE.

POËME
SUR LA FORTUNE.

Par M. DELOYNE DE LA GABELLIERE.

Prix trente-six sols.

A AMSTERDAM;

Et se trouve,

A PARIS,

Chez { L'AUTEUR, rue S. Jacques, à la Rose blanche.
BELIN, Libraire, même rue, vis-à-vis S. Yves.

M. DCC. LXXIX.

Les Exemplaires ſeront ſignés de l'Auteur.

L'ART DE VIVRE HEUREUX SUR LE THÉATRE DU MONDE.

POËME SUR LA FORTUNE.

D'OU-VIENT, dans l'Univers, qu'on ne trouve personne
Qui soit satisfait de son sort,
Et que, quelque faveur que le destin nous donne,
C'est un sujet pour nous de tristesse ou de mort?

LE Matelot lassé d'un Océan fragile,
Veut louer le Marchand qu'il sert;
Le Marchand à son tour croit heureux & tranquille
L'agité Matelot, exempt de ce qu'il perd.

LE Laboureur lésé, que les procès entraînent
En ville, voir son Avocat,
Le loue; & l'Avocat, que ses procès enchaînent,
Du libre Laboureur veut envier l'état.

NOUS sommes mécontens du destin qui nous range
Et sous les loix & sous les cieux;
L'homme veut d'autres loix quand il est vicieux:
S'il est avide, il veut quelque climat étrange.

MAIS Jupin qui ſe rit des deſſeins du mortel,
Des châteaux qu'il fait en Eſpagne,
Voit que dans tout pays le bonheur l'accompagne,
Et que de ce qu'il veut il n'a rien de réel.

IL voit que l'homme fait des ſouhaits inutiles,
Et qu'il a tout ce qu'il lui faut ;
Que ſi pour les remplir ils ne ſont pas faciles,
Il ne doit de ſon cœur qu'accuſer le défaut.

QUI force le nocher à braver la tempête,
En faveur du Marchand qu'il ſert,
Dans ſon pays il peut y garantir ſa tête ;
Le ſort du Commerçant eſt à lui-même offert.

COMME le Payſan, l'Avocat a ſes peines,
Les procès l'accablent ſouvent ;
D'autrui prenant la cauſe, il ſouffre mille gênes,
Et deſire le ſort de ſon propre client.

DE nos communs malheurs notre eſprit eſt la cauſe,
Des ſens il ſuit trop les travers :
Or quand, ſur la raiſon, l'homme ne ſe repoſe,
Toutes ſes actions fomentent ſes revers.

UN Amant qui ſe voit dupe de ſa Maîtreſſe,
Fait ſerment de ne plus aimer ;
Mais il ſe voit bientôt trahi par ſa foibleſſe ;
Une Amante nouvelle encor ſait le charmer.

AMI moins inconſtant que celui qui vous fâche,
Vous le déteſtez à jamais ;
Mais une attraction en ſecret vous attache,
Et vous le délivrez des peines des forfaits.

LA ſenſibilité nous expoſe à la gêne,
Dont nous pouvons nous préſerver,
Et de nos paſſions le torrent nous entraîne,
Quand leur vice interdit l'art de nous conſerver.

ORGUEIL, combien de nous as-tu fait miſérables,
Qui, ſans toi, pouvoient être heureux ?
Ne nous plaçons jamais deſſus tous nos ſemblables,
Preſque tous les objets ſauront plaire à nos yeux.

Un Homme, quel qu'il soit, ne vaut plus qu'un autre Homme,
Ses mœurs savent le distinguer;
Étant un fils d'Adam, c'est un frere de pomme,
De son extraction il ne peut se targuer.

Si quelqu'un envers vous a commis quelque offense,
Du crime examinez le cas:
Selon votre pouvoir ayez de l'indulgence,
Tranquille vous verrez finir tous vos débats.

Il nous faut excuser, comme dit la Fontaine,
Presque tous les défauts d'autrui;
Car, en tout temps, d'eux seuls notre besace est pleine;
Les nôtres sont toujours vus de notre ennemi.

En voyant qu'on vaut peu, l'on n'a point de dispute;
Vous croyez celui qui le dit:
Le compliment corrige & la paix s'exécute;
Car de ce qu'on sait bien l'on n'est point interdit.

Cessez donc d'accuser quelqu'un d'ingratitude,
Vous l'êtes le plus des ingrats;
Et sans faire sur vous un examen bien rude,
Mille exemples récens ne le prouvent-ils pas?

Si d'un crime commis, poursuivant la vengeance,
Vous voulez la punition;
Considérez-vous bien, & cette insigne offense
Se détruit aisément par la réflexion.

N'avez-vous pas jadis mérité les supplices,
D'un ami convoquant la mort?
Oui, le duel vous souille, ou d'infâmes caprices,
Du tourment ennemi fait votre commun sort.

Ah! bien loin que d'autrui vous ayez à vous plaindre;
Vous devez vous plaindre de vous;
Car à de saintes loix si vous sutes enfreindre,
Pourquoi ne pas blâmer votre injuste courroux?

En vain l'homme d'esprit s'exhausse sans mesure,
Et préconise ses talens;
En voyant ses défauts, son estime est impure,
Ceux qui ne les ont point sont à ses yeux plus grands.

La ſenſibilité jointe à notre amour propre ;
Eſt donc la ſource de nos maux ;
Mais l'examen ſur nous eſt un reméde propre
A tirer le bonheur de nos plus grands défauts.

Oui par nous la Fortune à tort eſt accuſée,
De nous douer d'un foible cœur,
Puiſque notre ame enfin n'eſt jamais abuſée,
Et que ſes paſſions forment notre bonheur.

Entre les paſſions, ſi les plus générales
Sont gloire, richeſſes, honneur,
Entre nos actions auſſi les principales,
Sont l'affreuſe baſſeſſe & le manque de cœur.

L'amour que l'on a cru paſſion tyrannique,
Eſt balancé par ſes effets ;
L'époux doit en jouir, rarement il s'en pique ;
Ses ſermens ont volé ſur l'aile des regrets.

La gloire dont par-tout les hommes font parade,
N'eſt qu'une ſotte vanité ;
Cette mode mondaine, implacable boutade,
Plonge leurs bonnes mœurs dans la perplexité.

Nous nous réformerions, d'un ſinge, ſur l'exemple,
Qui fier d'un habit galonné,
Contrefait en public un Héros qu'on contemple,
Et jouit de l'honneur à l'homme deſtiné.

La ſatisfaction qu'il recherche eſt frivole,
Nous rougirions d'en être épris ;
Cependant il ſe croit fort plaiſant dans ſon rôle,
Et de ſa fauſſe gloire un habit fait le prix.

Du villageois joyeux nous nous moquons de même,
Quand il ſautille dans ſon bourg ;
Il ſe croit grand danſeur, ſa folie eſt extrême,
Mais la terre foulée eſt témoin qu'il eſt lourd.

Tout ce que nous penſons du payſan, du ſinge,
Les Seigneurs le penſent de nous ;
Nos imitations en contrats, maiſon, linge,
Sont des certificats que nous ſommes tous fous.

Les riches à leur tour ont bien leur ridicule ;
Que pourroit penser un Caton,
D'un homme écervelé, qui pour un seul mot brûle
De se battre en duel avec son compagnon.

D'un autre qui des jours fait des nuits les plus claires ;
Et fait ébranler son plancher ;
Qui ne croit point avoir de plus grandes affaires,
Que de danser chez lui plutôt que d'y marcher.

Pour peindre les humains il faut être Héraclite ;
Car leurs vices me font pleurer ;
Je crois qu'en même-temps le fameux Démocrite,
Riant de leurs défauts ne dût les effleurer.

Tous ceux que nous voyons chercher la fausse gloire ;
Attrapent un phantôme vain ;
En vain l'homme sur l'homme entasse la victoire ;
Son excédent n'est pas la moindre part d'un nain.

O véritable gloire, il est temps que ma muse ;
Peigne l'éclat de tes rayons ;
Mais je vais, si je ne m'abuse,
Changer un instant mes crayons.

ODE

Sur la vraie gloire.

Image de solide gloire,
Amour divin de la vertu,
Le vice orgueilleux abattu,
S'enchaîne à ton char de victoire.
Combien tes propres actions
Ont su foudroyer d'Ixions,
Et su rendre l'honneur durable !
O douce & tendre volupté !
De tes feux je suis enchanté,
Qu'à mes yeux tu parois aimable.

Les cœurs qui ressentent tes traits ;
Coulent des jours remplis de charmes ;

La vérité produit tes armes,
Et l'aménité tes attraits.
O ciel ! quoi, tous tant que nous sommes,
Nous cherchons l'estime des hommes
Hors du sein de tes actions ;
Mais par toi l'on boit le calice
Du plus admirable délice,
Tu fais nos satisfactions.

L'Homme ne peut être immuable,
Sans la vérité, la vertu :
Orgueil, que ne les cherches-tu,
Auprès d'elles es-tu prisable ?
La vertu, vrai miroir de Dieu,
Doit être admirée en tout lieu ;
Tout doit tomber comme la feuille ;
Mais tranquille en son fondement,
Elle dure éternellement,
Et Dieu dans son sein la recueille.

Ainsi donc la Fortune ; en nos affreux revers,
Sur nos maux garde l'innocence,
Lorsqu'on chérit la gloire & ses trésors ouvers,
Font voir qu'elle la garde aussi sur l'opulence.

La richesse est, disoit aux hommes un Ancien,
Peu digne de l'amour du Sage ;
Au méprisable, Dieu fait prodiguer le bien,
Et du plus vil humain on le voit le partage.

La soif de l'opulence est dûe à ces Mortels
Qui la rendent vraiment louable,
Qui, pour l'amour de Dieu, lui dressent des autels,
Pour le soulagement de l'homme misérable.

Le Pauvre qui gémit sous le sort le plus lourd,
Aime quelqu'un qui le soulage ;
A son humble priere il voit le Riche sourd,
Du pain fait son bonheur, il le prend chez le Sage.

Ah ! pourquoi désirer quelque immense trésor,
Si nous chommons du nécessaire ?
Quand on manque de pain doit on chercher de l'or,
Et du travail d'Adam fut-il donc le salaire.

Pourtant il est aisé de guérir les Humains
De cette soif de la richesse ;
Il l'est de les guérir de leurs caprices vains,
Mais peu des maux qu'en nous fait causer la tendresse.

L'Homme mélancolique aime facilement,
Il est à l'amour trop sensible ;
Les belles ont sur lui l'empire trop puissant,
Son cœur à leurs attraits est bientôt accessible,

Son penchant ou son goût l'enchaîne en un lien,
Qui le fait tomber dans un piége ;
A peine un tendre amour expire dans son sein,
Qu'un autre au même instant en prend le privilege.

Il est bien malheureux, si son destin fatal
L'expose aux charmes d'une Belle ;
Car il se voit bientôt conduire à l'Hôpital,
Dès qu'il est embrasé du feu de sa prunelle.

La voix de la Chanteuse élance dans un cœur
Un trait que jamais il ne quitte :
Ce femelle Amphion de vos sens enchanteur,
Ainsi que Palinur, bientôt vous précipite.

Que ne suis-je insensible, hélas ! disoit un jour
Phaon à Sapho la chanteuse ;
Votre voix en mon cœur n'imprimeroit l'amour,
Ma satisfaction en seroit plus heureuse.

Il est beau de sentir cette autre vérité,
Qu'un mortel en tous lieux, par l'amour agité,
Envain évite-t-il la retraite profonde,
Dans la foule au milieu du monde,
Contre l'amour son ame est plus en sûreté.

La Fortune à présent se voit justifiée
Des maux que nous cause l'amour,
Et de ceux de la gloire en nous falsifiée,
Et de ceux des trésors si cherchés dans ce jour,

Il faut justifier cette même Fortune ;
Des maux causés par nos desirs ;
L'avenir est pour nous une chose importune,
Et nous le voudrions conforme à nos plaisirs.

Le mal que l'on éprouve à deux sources diverses :
Il vient ou de la volonté,
Ou de la Providence ; en toutes nos traverses,
Nous accusons le sort d'avoir fort mal été.

La Fortune n'est pas cause du mal insigne,
Qui provient de tous nos vouloirs ;
Quant à la Providence, ah ! ses maux sont un signe,
De la futilité de nos propres devoirs.

On doit se consoler de tout dedans le monde,
Et rire de l'adversité ;
Le sage Ænée a su dans sa douleur profonde,
Rire enfin, malgré lui, de sa calamité.

L'Homme est libre & peut tout ; toujours la Providence
Le secoure dans ses projets ;
Toujours dans ses malheurs, son peu d'expérience
Bâtit le fondement de ses fâcheux succès.

Le Monde comme on dit est un théatre horrible,
Ou tout Acteur est malheureux ;
Tout y n'est que misere, ou risible, ou sensible ;
L'on y pleure, on y rit, tout s'y passe d'affreux.

La Fortune n'est point cause de nos tristesses,
Et c'est à tort que quelqu'humain
Dit qu'il est tout courbé sous le faix des détresses,
Alors qu'il peut avoir des habits & du pain.

Le nécessaire à l'Homme est possibe à lui-même,
L'Enfant de la Nature à tout ;
Mais de celui de l'Art, le besoin est extrême,
Il ne peut assouvir ses desirs ni son goût.

Qu'avons-nous de besoin, dans l'état où nous sommes ;
Si ce n'est d'un modeste habit,
Et plus lourd dans l'hiver que celui que les hommes
Veulent porter quand l'Astre est à notre zénit.

Nos besoins sont de pain, de soupe & de viande ;
Nous y devons borner nos vœux :
Il nous faut une peau quand l'hyver le commande,
Le vêtement de bête est chaud & peu coûteux.

Mais je veux, dites-vous, au sein de l'abondance,
Satisfaire tous mes desirs ;
Ne ressemblez-vous pas à ce fou dans sa transe,
Qui veut boire tout seul, l'aiguiere des plaisirs.

Celui qui nous conduit au marché, des voitures
Qui sont pleines de pain tout frais,
En mange-t-il donc plus quand d'étranges allures
Lui font vendre ce pain pour en payer les frais ?

En ce siecle, il est vrai, le simple est ridicule,
Nos mœurs s'assimilent à tous ;
En vous y conformant, qu'un secret dissimule
Votre inclination, vos façons & vos goûts,

Chez le pompeux Plutus, je vis une assemblée
D'objets variés en atours ;
Dès que la jeune Ilas entre eux tout s'est mêlée,
Elle éprit notre estime en fixant nos amours.

Cette Fille est sans bien, elle est pauvre, mais belle ;
On est plus heureux sous ses loix,
Que sous une superbe & riche Péronnelle ;
Le sentiment, non l'or, captive notre choix.

L'Éleve simple & vrai de la pure nature
A donc un médiocre besoin ?
Il satisfait encor la société pure,
Et plaît à l'Univers dont il habite un coin.

Envain nous plaignons-nous des traitemens des Hommes ;
Et nous les taxons de pervers ;
Mais examinons-nous dans l'état où nous sommes,
Voyons que dans autrui nous y forgeons nos fers.

Il faut vivre en tous lieux, avecque nos semblables,
Nous étudions peu cet art ;
Soyons-leur en tout temps utiles, agréables,
Nous goûterons la paix sans mélange & sans fard.

Le trop jeune Asophis m'extasie & m'étonne,
Il est tendre, aimable & charmant;
Il fait mille poulets que la Belle couronne
De l'aveu le plus doux & le plus séduisant.

Jaloux de son bonheur, il chérit sa jeunesse,
Jusques à l'âge de trente ans;
Mais bientôt il maudit sa fougue & son ivresse,
Et veut prendre un état, alors qu'il n'est plus temps.

Le faix des ans accourt, l'amour propre s'envole
Sur l'aîle du commun regret;
Fui des admirateurs l'admirable s'isole,
Il meurt à soixante ans sans savoir quel il est.

Mais, que dis-je, Asophis, au sein de la misere,
Voit trancher le fil de ses jours;
Il n'a pas pris l'état conseillé par son Pere,
De moitié de sa vie il corrompit le cours.

Si vous desirez être aimé, chéri du monde,
Soyez utile par état:
Le talent, la richesse est sur quoi l'on se fonde,
Avec eux vous vivez tranquille dans l'éclat.

Pour bien vivre, il faut voir à-peu-près nos semblables,
Ainsi qu'un Pere voit son Fils;
L'indulgence nous rend en tout temps incapable,
Dans la société, de trouver des ennuis.

Ce bon Pere qui goûte à long traits l'amertume
De voir un Fils qu'il a bossu,
Dit qu'il est tout voûté. Le Boiteux se présume,
De l'avis des Parens, ne marcher que tortu.

Si ces défauts chez vous n'ont point de tolérance,
Pesez donc les vôtres cachés;
Il valent bien ceux-là, s'ils n'ont leur apparence,
Vos vices à vos traits les ont tous attachés.

Pourquoi vous plaignez-vous d'un Homme qui vous berne?
C'est peut être un premier venu;
Il falloit sur lui-même y porter la lanterne,
Le malheur qui vous suit vous eut été connu.

Par prudence il ne faut confier à personne
Et son état & ses secrets ;
Car si c'est un bonheur que le vice environne,
Ou vous êtes trahis, ou payez vos succès.

Presque tous les défauts qui tyrannisent l'Homme
Sont un miroir de vos penchans ;
Parcourez les pays de Paris jusqu'à Rome,
Vous ne voyez que vous, en voyant les méchans.

Nilmandris, dites-vous ; est ennuyeux à gage,
C'est un terme qui ne dit mot ;
En compagnie il n'a de singulier usage,
Que de s'y faire voir l'unique Homme de sot.

Mais s'il est terme, enfin, Nilmandris est utile ;
Il peut montrer l'heure qu'il est,
Et vous faisant penser votre soin trop futile,
Sur votre temps perdu fixer votre regret.

Vivicius ne rend jamais ce qu'il emprunte ;
Il faut le faire emprisonner ;
Il est veuf, il a fait obliger sa Défunte
A payer ce qu'on veut le contraindre à donner.

Mais il n'a pas un sou, dès la mort de sa Femme,
Il a mangé tout sans raison ;
Vous paira-t-il donc mieux en le rendant infâme,
Impitoyablement aux fers d'une prison ?

Pourquoi vous aviser de flétrir tant cet Homme ;
Étant coupable de prêter ?
Si de ce qu'il vous doit votre avarice chomme,
Il ne fallait donc pas vous le faire emprunter.

Vous aviez un Laquais, il vous laisse & vous quitte,
Et vous emporte son habit ;
C'est faire en furieux que le transport agite,
S'il est par votre fait pendu pour ce délit.

Si vous considériez vos horribles manœuvres,
Vous verriez qu'il n'a pas grand tort ;
C'est par tous vos travers, & vos mauvaises œuvres,
Que pour cinquante sols il s'expose à la mort.

Lorsque l'on fait vœu d'être & rigide & ſevere ;
Il faut bien mériter des loix ;
Il faut être équitable, auſſi bien que ſincère,
Et ne pas mettre enfin l'innocence aux abois.

Cependant je vous vois profiter des miſeres
De ce malheureux Hortenſin ;
Et ſon champ labouré de tout temps par ſes Peres,
Va paſſer à vil prix en votre avide main.

Il eſt bien des défauts dont on ne peut ſe plaindre,
Il en eſt qu'on doit excuſer ;
Il eſt dans l'univers beaucoup d'hommes à craindre,
Et nous ne les pouvons malgré nous recuſer.

Il faut ſouffrir par-tout, & notre patience
Eſt la regle de nos devoirs ;
Il nous faut meſurer notre condeſcendance,
Et toujours la borner à nos petits pouvoirs.

Nous devons endurer de ces hommes atroces,
Ce que dicte leur volonté,
C'eſt des tigres altiers dont les ongles féroces
Établiſſent ſur nous un empire indompté.

Ces êtres, ces humains ſont comme une machine
Dont tout le reſſort ſe détend ;
Le coup par lui porté cauſe notre ruine,
Quand notre ame tranquille au revers ne s'attend.

C'est en vain que l'on veut tirer une vengeance
De tout le mal qu'elle nous fait ;
Un moulin qui tournoie eſt exempt de ſouffrance,
D'un membre inanimé l'on n'eſt point ſatisfait.

Si le peuple envers nous eſt coupable de crime,
Notre vertu fait notre droit ;
Loin que notre vengeance & ſe hâte & s'anime,
C'eſt en lui pardonnant qu'il nous rend ce qu'il doit.

En ce ſiecle poli que la raiſon éclaire,
L'homme eſt deſſus le point d'honneur,
Plus barbare cent fois & plus atrabilaire,
Qu'un vrai Canadéen en proie à ſa fureur,

L'HONNEUR dans tous les temps, nullement ne résiste
A tous les complots des humains ;
C'est à leur pardonner en tous lieux qu'il consiste,
C'est à verser sur eux ses dons à pleines mains.

Nous voyons la Fortune en tout cas innocente
Des maux de la société ;
Mais il est d'autres maux dont la charge est pesante ;
Et nous les recevons des bras de l'amitié.

Le nom d'ami marquoit un second de nous-mêmes,
Autrement, de nous la moitié ;
Mais il souffre à présent quantité de Baptêmes,
Et son masque n'est plus que perfide amitié.

Levez-le, vous verrez l'art de tromper, de feindre ;
A la place de la candeur ;
La fréquentation ose prendre sans craindre ;
De la simple amitié, le pur extérieur.

Le plaisir, l'amitié sont entr'eux synonymes ;
Ils sont la volupté des cœurs ;
Ils guérissent des maux dont ils sont les victimes ;
Et changent les chagrins en suprêmes douceurs,

La vraie amitié n'est qu'une sympathie
D'ame & désintéressement ;
L'ami dans vos revers, jamais ne vous oublie ;
Il ne reçoit de vous de mécontentement.

Il n'a pas de besoin de conseil salutaire
Pour savoir tout ce qu'il vous faut ;
Il sait à votre égard très-bien ce qu'il doit faire,
Et sa vraie amitié vous le donne bientôt.

Il est beaucoup de maux des amis ordinaires ;
Ce sont des esprits malfaisans ;
Il vous falloit peser leurs mauvais caracteres ;
Vous n'eussiez envers eux été si complaisans.

Pourquoi vous plaignez-vous de votre ami perfide ;
Le taxer d'ingrat, d'indiscret ?
Mais s'il est votre ami, la droiture le guide ;
Il vous rend des devoirs, garde votre secret.

C'est donc votre ennemi taxé d'ingratitude ;
Est-il ingrat, & vous doit-il ?
S'il se fit à tromper, la plus affreuse étude.
Vous ne pouvez blâmer son cœur traître & subtil.

L'homme obligé ne doit nulle reconnoissance
Du service qu'il a reçu ;
Vous fîtes le possible ; en tirer récompense,
C'est manquer à la fois d'honneur & de vertu.

Tout bienfait en soi-même est un acte louable,
Qui n'est jamais récriminé ;
Celui qui l'a rendu n'est jamais excusable,
Pour en recevoir un des mains qui l'ont donné.

De celui qu'on oblige exigeant des souplesses,
C'est-là se payer de son don,
L'orgueilleux se repaît des humaines bassesses,
Un dévoûment malin se doit au fanfaron.

Si quelqu'un vous dévoue une amitié pure
Pour prix d'un service rendu,
Il vous faut l'accepter ; ce seroit imposture,
Si le devoir étoit en argent revêtu.

Quiconque veut taxer l'ami de perfidie,
Ou bien l'accuser d'être ingrat,
S'échappe du bon sens qui toujours s'étudie
A croire que c'est-là le monde & son état.

Comme nous devons vivre avec que tous les hommes,
Il nous faut attendre aux revers ;
Il n'en est point chez nous, dans le siecle où nous sommes,
Qui ne soit pas injuste, inconstant & pervers.

O trop heureux le jour, où selon notre attente
Le perfide nous a trompé ;
Car c'est pour l'avenir une école savante,
C'est à s'en garantir que l'on est occupé.

De notre amitié ne faisons confiance
Qu'à ceux qui peuvent nous servir ;
Et dont les qualités, la bonne intelligence,
Dans tous nos intérêts peuvent se réunir.

Selon

SELON moi, la fortune est donc justifiée
De tous les maux de l'amitié ;
Tous ceux que nous produit l'ame déifiée,
Par un renom pompeux sont dignes de pitié.

JE vous plains d'être épris de votre renommée ;
Chérissez l'estime avant tout ;
Soyez peu soucieux de publique fumée,
La paix & le renom s'accordent peu par-tout.

SUIVEZ mes bons avis, & dites comme un Sage,
Qu'on loue ou blâme mes revers,
Dégagé des soucis qui me portoient ombrage,
Si je peux m'estimer, voilà tout l'univers.

CELUI qui chérit trop la sotte renommée,
Semble ce voyageur niais,
Qui présumoit commettre une action blâmée,
En montant sur son âne & le chargeant d'un faix.

IL imite en tout point cet étourdi trop jeune,
Qui paya pour être porté;
Carrosses & tendrons font que trop tôt il jeûne :
Voilà de ses plaisirs ce qu'il a remporté.

IL eut beau ruiner sa bourse & sa fortune,
Il n'eut de réputation,
Si ce n'est chez la gent mercénaire, importune,
Qui s'attendoit l'honneur de le mettre en prison.

DE ses airs élégans au plus haut périgée,
S'il fut vu par quelques Seigneurs,
On le connut bientôt pour être en l'apogée,
A voir d'un train crotté les bruyantes humeurs.

SON Laquais Savoyard, son Cocher en guenille,
Montrent que c'est un fou du temps,
Et que de son état, si l'étincelle brille,
C'est qu'il court à sa chûte à pas plus éclatans.

CELUI que l'on estime, à qui l'on voudroit plaire,
Ou nous ignore, ou fait semblant ;
S'il nous connoît, bientôt, c'est un Juge severe,
Notre amour propre souffre & blâme ce méchant.

LA fortune n'étant cause de l'infortune ;
L'homme peut donc vivre content ;
Mais s'il veut être heureux, c'est la regle commune ;
Des dettes, selon nous, il faut qu'il soit exempt.

POUR ne point s'endetter, il faut se trouver riche,
Même au sein de la pauvreté :
De prodigalités l'on doit être fort chiche ;
Lors nous coulons nos jours dans la tranquillité.

JAMAIS dans l'ancien temps les héros de la Grece,
Se sont plaint de leur pauvreté ;
On les vit constamment endurer la détresse,
Et se trouver heureux même en l'adversité.

ON ne peut jamais être en tous lieux sans ressource ;
Soit dans l'esprit ou dans le cœur :
De la richesse pure en notre ame est la source,
La satisfaction fait tout notre bonheur.

LA fortune jamais ne rend compte à personne
De ses bienfaits & ses faveurs ;
Elle ne justifie en rien ce qu'elle donne,
Le bien qu'elle nous fait compense nos malheurs.

DANS quelqu'état qu'on soit, l'inconstante fortune ;
Malgré nos vœux, ne nous doit rien :
Nos revers ont pour elle une cause commune,
Tout est d'elle en emprunt, nous en tenons le bien.

ELLE en peut disposer, & même elle en dispose,
Selon son caprice cru vain :
Cessons donc de nous plaindre en tout sur chaque chose,
Sommes-nous son arbitre ou maîtres du destin ?

LES sots chez les humains ont seuls la manie,
De mépriser l'homme abbaissé ;
Le sage clairvoyant se rit de leur folie,
Car il est son miroir, s'il étoit délaissé.

QUI de nous peut savoir ce que le sort nous garde ;
Même au faîte de nos grandeurs ?
En vain sur notre état notre orgueil est en garde,
On se trompe aisément à de fausses lueurs.

Il n'eſt ſouvent qu'un pas du ſuccès à la chûte ;
La fortune fait changer tout :
Dans ce que l'homme penſe ou ce qu'il exécute,
De ſes projets par elle il peut venir à bout.

Mais l'homme en tout état eſt heureux, s'il veut l'être,
C'eſt-là toujours notre refrain ;
Et du rang du bonheur nul ne peut diſparoître,
Soit qu'il ſoit Savetier, Procureur, Chirurgien.

Chacun dans ſon état peut forcer la fortune
A ſeconder tout ſes ſouhaits ;
N'ayez pas la pareſſe, à l'indigent commune,
Vos vœux & vos deſirs ſeront tous ſatisfaits.

Chacun dans ſon état doit faire ſon ouvrage ;
Dedans ſon cercle limité ;
L'infortune s'épuiſe en un deſir peu ſage,
De quitter un métier qu'un pere a crédité.

Si vous êtes Rimeurs, faites des Chanſonnettes ;
Peintres, peignez-nous des deſſus,
Soit de Porte ou d'Armoires, ou faites des Tablettes,
Et votre pain toujours ſe fonde là-deſſus.

Ne travaillez jamais pour l'immortelle gloire,
Peu ſûre eſt l'immortalité :
L'œuvre adopté par elle eſt le fruit du déboire,
Des veilles, des travaux, de la calamité.

L'homme ſpirituel a beaucoup de reſſources,
Le déshonneur eſt pour lui vain ;
Les crimes ſeuls en ſont les déteſtables ſources,
Il érige à ſes vœux un triomphe certain.

Mais la diſtinction que nous faiſons des hommes,
Eſt moins par leurs propres états,
Que par toutes les mœurs des endroits où nous ſommes,
Où nous les obſervons & nous en faiſons cas.

Quand le grand Fénélon nous peint ſon Télémaque,
Réduit à faire le Berger,
Il prouva par l'état de ce maître d'Ithaque,
Qu'on ne doit point rougir de s'y voir engager.

Le Héros, l'honnête homme ont même destinée ;
Ensemble ils sont soumis aux Cieux ;
Il est des heureux jours dans une triste année,
Mais il en est fort peu pour des capricieux.

C'est en vain que l'on dit par-tout que la Fortune
Est aveugle dans ses bienfaits ;
Que qui ne la mérite ou la croit importune,
En ressent les faveurs, est un de ses sujets.

Les Poëtes fameux & les Peintres habiles,
Lui mettent aux yeux un bandeau,
La peignent en courant, & de ses mains agiles,
Répandant au hasard le don le plus nouveau.

Mais qui l'a peint ainsi, ne l'a jamais connue,
Ou du moins qu'imparfaitement ;
La Fortune voit clair, nul bandeau sur sa vue
Empêche que son choix ne soit juste & prudent.

Il faut, pour en juger, & de ses avantages,
Considérer tous ses heureux ;
Ce sont des gens prudens, & vertueux & sages,
Le vulgaire doit voir des qualités en eux.

Ce n'est point le hasard qui produit les richesses
A ceux que l'on en voit jouir ;
Leur mérite certain, leur savoir, leurs adresses,
Leur ont acquis l'éclat qui sait nous éblouir.

En vain sont-ils sortis d'une naissance obscure,
Le talent sut les élever ;
Aux travaux, aux dangers on vit leur vertu pure
Se livrer toute entiere & se les réserver.

Ils se sont soutenus par leur propre constance,
Et leurs pas furent dirigés
Par un ferme courage & par une prudence,
Qui surent les placer jusqu'au plus haut degrés.

Ils n'ont rien entrepris en hommes téméraires ;
Ils ont vu clair dans leurs desseins ;
Ils ont de leurs travaux reçu les vrais salaires ;
La Fortune sur eux sut déployer ses mains.

Mais par divers moyens l'on obtient la fortune ;
L'on tire du fruit des talens ;
Ces moyens quelquefois sont d'espece commune,
Les chemins du bonheur sont toujours différens.

Un homme de néant en tous lieux, par exemple,
Sans cesse rampe auprès d'un Grand ;
Il connoît ses défauts, les loue, les contemple,
Sait même s'en servir pour son avancement.

Le moyen qu'il emploie est, dit-on, méprisable ;
Mais c'est le prix des soins divers,
Qui le rendent poli, doux, docile, agréable,
Celui de sa constance & de ses maux amers.

C'est aux dépens d'un sot qu'on voit la Courtisane
S'enrichir bien de sa faveur ;
La ruse qu'elle emploie, en vain on la condamne,
C'est en elle un talent pour captiver un cœur.

Elle sait se servir à propos de ses charmes,
Et les masquer de la vertu ;
L'homme bientôt séduit sait lui rendre les armes,
Croit qu'il est même honteux d'avoir tant combattu.

Elle paroît fidele avec un cœur volage,
Passionnée en ses dedains,
Tendre, reconnoissante, en ses noirs projets sage ;
Et ne le quitte point sans épuiser ses biens.

Tout homme est aveuglé, s'il s'en laisse séduire ;
Elle voit clair dans ses projets ;
L'appas de la fortune, alors la sait conduire,
Et rend par ses efforts ses desirs satisfaits.

La Finance, dit-on, est la plus courte voie
Pour amasser de grands trésors,
Il faut peu de talens à quiconque l'emploie,
Et ne demande pas de violens efforts.

Il est vrai, quand on est près des premieres places,
Qu'on entre dans les grands traités ;
Mais il faut obtenir des Grands les bonnes graces,
Ce qu'on ne peut sans soins, sans assiduités.

Il faut de la prudence & de la politique,
Des lumieres pour réussir ;
Sans une vigilance attentive & publique,
Vous ne voyez jamais combler votre desir.

Pour faire une fortune un peu considérable,
Dans des dégrès inférieurs,
Il faut l'intelligence, un travail fatiguable,
En se rendant utile, avoir de bonnes mœurs.

Le Commerce est la voie ordinaire & licite
Pour pouvoir amasser du bien ;
Mais dans un Commerçant, qu'il faut de vrai mérite,
De travaux, pour venir à bout de son dessein !

On le voit s'exiler de sa chere patrie,
Pour chercher de peu sûrs trésors,
Et pour les recueillir & garantir sa vie,
Se soustraire au péril par de fâcheux efforts.

Quelles peines faut-il en une terre étrange,
Pour la dépouiller de ses biens ?
Avec ses Habitans concerter une échange,
Quelles combinaisons ! que de profonds desseins !

La Fortune chérit les Hommes de mérite,
Et n'est point aveugle pour eux ;
Toujours elle les suit, & jamais ne les quitte,
Sans même en leurs dangers les rendre tous heureux.

Tous les biens de ce monde, a dit un Fabuliste,
Sont mis en vente par Jupin ;
Mais pour les acheter, il faut que l'on persiste
Dans le travail, l'emploi le plus utile au gain.

Les biens de la Fortune en sont la conséquence,
Il faut tous les faire valoir ;
De ses prodigues mains, elle ne les dispense,
Qu'en exigeant de nous cet avare devoir.

Les gens bouffis d'orgueil & sans aucun mérite,
Ou ceux qui lui font peu la cour,
La traitent d'aveuglée en leur fureur maudite,
Parce que pour ses dons ils n'ont le moindre amour.

JAMAIS de l'acquérir ils se donnent la peine,
Ivres de toutes passions :
Mais pour se soulager dans leur étroite gêne,
Envain lui lancent-ils mille imprécations.

LEUR incapacité jointe à leur indolence,
Distrait ses regards dessus eux :
Pour obtenir ses dons, & chasser l'indigence,
Il faut les obtenir sans être paresseux.

MAIS on en voit, dit-on, à qui tous les biens viennent;
Et les honneurs comme en dormant ;
Non, ils n'y pensent pas, pourtant il les obtiennent,
La Fortune pour eux s'aveugle assurément.

POINT du tout ceux qui sont dedans ce cas-là même,
De biens ne sont dignes pas moins ;
Ils les ont sans espoir, mais le talent suprême
De les bien conserver, est le prix de leurs soins.

IL ne faut pas donner dans l'erreur du vulgaire,
Croire que le hasard fait tout ;
Les plus brillans Esprits, les Savans d'ordinaire,
Des plus sublimes rangs, ne viennent pas à bout.

RIEN n'est fait au hasard par l'Auteur de ce monde;
Tout à sa propre utilité ;
Si sur-tout ce qu'il veut, sa sagesse se fonde,
Il ne rend l'homme heureux que par sa liberté.

IL faut considérer son magnifique ouvrage,
Comme un parfait & vrai tableau;
Le Peintre y plaça l'ombre avec un pinceau sage;
Il y joignit les clairs & tout concourt au beau.

C'EST ainsi que souvent des personnes bornées
Sont propres à certains emplois ;
Celui qui les plaça, forma leurs destinées,
Il en est, soutenus, dociles à sa voix.

OU de comparaison, c'est peut-être une piece,
Ou bien c'est un ressort secret,
Remuant les esprits. L'on fixe avec adresse,
Les regards sur ce seul & principal objet.

Celui que l'on choisit pour ce dessein illustre
Peut-être ne l'attendoit pas;
Son poste de ses soins emprunte tout son lustre,
Et nul auparavant de lui ne faisoit cas,

Mais le motif du choix autorise sa place;
L'édifice, en ses fondemens,
N'est que de pierre brute, & non pas la surface;
C'est la solidité de tous ses ornemens.

Pour les successions on voit encor des hommes
Continuellement heureux;
D'autres parmi les jeux gagnent de grosses sommes,
Sans chercher la Fortune, elle comble leurs vœux.

La Fortune n'est point aveugle en ses largesses,
Les dispersant comme au hasard;
Ceux qui s'en trouvent près, ramassent ses richesses;
On ne peut la blâmer lors, s'il y prennent part.

Il est très-à-propos que dans l'ordre des choses,
On connoisse certains défauts:
D'une pure harmonie ils deviennent les causes,
Ce sont, nous l'avons dit, des ombres aux tableaux.

La vertu, sans le vice, enfin est impossible,
Et sans la lâcheté, la valeur;
La générosité ne seroit plus sensible;
Il faudroit que de l'homme on arrache le cœur.

Avouons donc que rien n'arrive en la nature
Par le moindre cas fortuit;
Que c'est le Créateur, par sa volonté pure,
Qui dispense le bien, celui qui le détruit.

Le mérite de l'homme est present à sa vue,
Il nous afflige ou fait un don;
Sa sageste à nos yeux ne peut être connue,
Elle doit exciter notre admiration.

Il faut nous efforcer & nous rendre capables
De tous les grands dons qu'il nous fait;
Et si nous acceptons des postes honorables,
C'est lorsque nos talens motiveut son bienfait.

MAIS il faut convenir, & cela nous étonne,
De voir des Personnes d'honneurs,
Faites pour la Fortune, & qui les abandonne,
Sans avoir un seul jour connu le vrai bonheur.

CES gens suivent son char, il éclate à leur vue,
Ils ont un immense talent;
Mais nulle occasion de briller n'a parue;
A d'autres ses faveurs sont à charge souvent.

TOUS les gens attachés au char de la Fortune,
Sont des esclaves protégés:
La course qu'elle prend n'est que pour eux commune,
Leurs pas, leurs mouvemens en sont tous dirigés.

SI par abaissement l'on parvient aux richesses,
L'homme doit-il donc les aimer?
Des gens à grands talens, indignes de souplesses,
Ne peuvent les avoir & moins les estimer.

UNE ame intéressée à tous ces moyens viles,
Ne rougit pas de se livrer:
Mais à tout homme fier, quoiqu'ils semblent utiles,
Son cœur en s'y prêtant, croiroit se déchirer.

LES faveurs de tous Grands sont une source immense,
Où nous puisons notre bonheur:
Si toujours ils aidoient la timide indigence,
Les talens reprendroient une noble vigueur.

DE toute société, ce qui brise la chaîne,
Empêche le concours commun;
C'est le manque de foi, la vengeance, la haîne,
Et l'homme dans ce monde est à l'homme importun.

PARMI tous les humains, dans ce monde où nous sommes,
Beaucoup sont faux & charlatans,
Ils cherchent à tromper publiquement les hommes,
Et présument trop d'eux & de tous leurs talens.

DANS l'avaricieux & les gens à richesses,
La méfiance est sûre encore;
Et les ongles crochus de leurs mains vengeresses,
Eventrent, comme on dit, une poule aux œufs d'or.

Les Arts sont arrêtés par ces puissans obstacles;
Sans eux ils feroient des progrès;
L'on verroit tous les jours éclore des miracles,
Et la Fortune auroit mille nouveaux succès.

Mais les chemins divers qui menent à sa roue,
N'ont pas encore été frayés:
De tout l'esprit humain en ses travaux se joue;
Il aide la nature en ses fécondités.

Il est mille sentiers qui conduisent vers elle,
Et qui n'ont point été battus;
Le courage ne s'ouvre une route nouvelle
Qu'avecque des secours moteurs de ses vertus.

Concluons donc ici, que jamais la Fortune
N'est aveugle dans ses faveurs;
Que si de notre état, la vue est importune,
Notre peu de mérite à produit nos malheurs.

Mais ceux qui sans mérite ont tenté des voyages,
Se trouvent, dites-vous, heureux:
Cela peut être vrai. Quels tristes avantages
En ont su retirer quelque marchands fameux?

Discours sur les Voyages.

L'Homme dans tout climat suivra la Providence,
Qui versera chez lui les dons de l'abondance:
Par quel dessein nuisible à sa tranquillité,
Suit-il donc le penchant de son avidité,
Ne se contient-il pas dans le lieu de ses Peres,
Sans chercher dans le sein des terres étrangeres,
Des biens par son besoin nullement prévenus,
Qui jusqu'alors pour lui devoient être inconnus?
Homme, que cherches-tu par ce projet nuisible?
Le bonheur, mais: hélas! tu tentes l'impossible.
Avant que l'Océan, par Vespuce franchi,
Mit de ce monde entier une part en oubli,
Nous étions, par le Ciel, comme les autres Hommes,
Même plus fortunés qu'à présent nous ne sommes;
Et ce ravissement de métaux précieux,
S'il sut nous enrichir, ne nous fit point heureux:
Les funestes ardeurs de ces lointains voyages,
Procurent bien des maux & fort peu d'avantages;

Car qu'allons-nous chercher dans ces mondes nouveaux?
Nous bravons les dangers, pour perdre le repos ;
Sans cesse inquiétés par les desirs barbares,
D'en envahir pour nous les trésors les plus rares ;
Du vice nous charmons le penchant orgueilleux,
Par l'appas éclatant de cet or précieux.
Helas ! si dégagés de cette idée avide,
Nous sentions les horreurs du vice qui nous guide,
Irions-nous follement dans les lieux étrangers
Chercher plutôt la mort au milieu des dangers ?
Non, non, loin de braver les vents & les tempêtes,
Nous rassurerions mieux nos enfans & nos têtes ;
Nous n'exposerions pas aux vagues en courroux,
Tout ce que nous croyons de plus chéri pour nous,
Nous nous contenterions du pays de nos Peres,
Sans songer un instant aux terres étrangeres ;
Nous ririons à loisir de tous ces insensés ;
Par les flots & les vents à plaisir dispersés,
Qui s'embarquent tous seuls sur la foi de Neptune,
Pour chercher loin de nous la paix & la fortune,
Qui, se mettant en bute aux caprices du sort,
N'ont pu trouver partout que la peine ou la mort.
Ah ! plaignez ces Humains, qui, dans la nef errante,
Poursuivent sur les eaux la Fortune flottante,
Qui, peut-être enrichis des vols de l'Univers,
Sont de leurs passions enchaînés dans les fers.
Le Ciel voit à regret que leur bras intrépide
S'arme par un cœur vil, de richesses avide,
Qui, les abandonnant à leur funeste sort,
Les punit d'un penchant qui leur donne la mort.
Combien en voyons-nous, malgré leurs biens immenses,
Qui, formant en tous lieux de vastes espérances,
Dans l'exécution de leurs projets nouveaux,
S'ouvrent avec leurs biens de malheureux tombeaux ?
Soit que dans un Navire ils voguent sur les ondes,
Ou soit que de leur cœur les chimeres profondes
Les retiennent chez eux dans l'espoir decevant,
D'un voyage fâcheux sur l'humide élément,
A peine ont-ils appris la funeste nouvelle,
Que leur fortune change ou bien qu'elle chancelle ;
Qu'ils sont bientôt en proie à leurs fâcheux transports:
Ils meurent ; leur fureur seconde leurs efforts.
C'est l'ordinaire fin de ces riches avides,
Qui tentent vainement sur les plaines liquides,
D'assurer un bonheur frivoles & passager,

Qui, lorſqu'il eſt acquis, ſuſcite le danger.
Malheureux habitans des terres fortunées !
Vous voyez ſous le joug de triſtes deſtinées
Immoler à jamais vos naïves vertus,
Au vice furieux qui nous a corrompus ;
Poſſeſſeurs de tréſors, vous mettiez la richeſſe
Dans un cœur naturel inſtruit par la Sageſſe :
Nous avons ſubjugué vos pays & vos cœurs,
Et remplis tout chez vous de carnage & d'horreurs ;
Vous euſſiez pu chez nous, cherchant les aventures,
Nous accabler auſſi de pareilles tortures ;
Mais vos timides cœurs étoient trop généreux,
Pour charger l'innocent de fers les plus affreux.
Nous vous avons montré, de tous vos biens avares,
Que nous ſommes les ſeuls qu'on doit nommer barbares ;
Et que tout l'appareil de ces noms faſtueux,
D'eſprits illuminés, de vainqueurs glorieux,
Ne peut-être à vos yeux qu'un horrible aſſemblage
De ce que la nature a fait de plus ſauvage.
Veſpuce & Pizarro, par des combats ſanglants,
Vous ont enſeigné l'art des forfaits éclatans ;
Ils ont porté chez vous les crimes de nos Peres,
Et l'or vous met en proie à nos âpres miſeres.
La paix, de vos parens, en chaſſoit le courroux,
Nous vous avons rendus farouches comme nous ;
Et la pure amitié, le bonheur de vos ames,
Ne luit plus à vos yeux de ſes divines flammes :
Vous avez emprunté de nous toutes nos mœurs,
Nos vices ſéduiſans ont corrompu vos cœurs.
L'équité, de la paix autrefois l'équilibre,
Enchaîna votre bras qui ceſſa d'être libre ;
Notre pouvoir affreux pour jamais la lié,
Et vous & vos Enfans, ſans foi ni ſaus pitié,
Ont invoqué des loix les châtimens ſéveres,
Implorant des Vengeurs devenus néceſſaires,
Et ceſſant de couler leurs jours en liberté,
Leurs mœurs hâtent l'effet de la ſéverité.
Vos pays vertueux, ſubjugués par nos vices,
Placerent le repos au milieu des ſuplices.
De vos triſtes hymens allumant les flambeaux,
Vos nœuds ne ſervent plus qu'à croître tous vos maux.
En proie aux paſſions, aux guerres inteſtines,
Vous fondez votre ſort ſur vos propres ruines ;
Et tout ce que le vice a de plus criminel,
Vous offre comme à nous l'appas le plus mortel.

Vos maux pour vos enfans sont tous héréditaires,
Et leurs malheurs communs les font nommer nos freres;
Ils ne sont plus pour nous de sauvages humains,
Mais des hommes instruits dans nos perfides biens:
Nos vices en changeant tout votre caractere,
De nos doctes leçons furent l'affreux salaire.
Que vous eussiez bien fait de vous en affranchir,
Et secouer le joug que l'on vous voit subir.
O contraste étonnant de vos biens & des notres,
Vos biens font nos malheurs, les nôtres sont les vôtres.
Nos Loix vous ont appris qu'il étoit des forfaits
Que l'on devoit punir par de cruels arrêts:
Ces redoutables biens étoient pour vous étranges,
Et vous ne leur donniez que de vaines louanges,
Votre liberté seule a fait votre trésor,
Vous vous êtes trompés, croyant l'avoir encor,
Nous vous avons donnés une leçon funeste:
Vous ignoriez alors le parjure & l'inceste,
Et c'est en imitant dans vos pays nos mœurs,
Que l'on vous vit en proie à toutes nos erreurs;
Et tous nos propres biens vous furent plus funestes,
Que le foudre grondant & les terribles pestes.
Mais que nous ont produit vos terres, vos trésors?
Ils ne méritoient pas nos violens efforts:
Qu'avons-nous de besoin, dans les lieux où nous sommes
De pain, c'est le vrai bien que le ciel donne aux Homm.
Or ces mondes nouveaux, par notre orgueil vantes,
N'ont fourni qu'un besoin de nos frivolités,
Et non les biens réels, les seuls dignes d'envie.
Les trésors de Cérés, alimens de la vie,
De l'or Amériquain quel que soient les appas,
C'est un faux bien qui vient suborner nos climats.
L'Amérique par-tout est sans nulle culture,
Ce soin n'y hâte pas les fruits de la nature.
Mais sans compter pour rien le sort ni les dangers,
Nous tirons tous nos maux des pays étrangers,
Oui, cette antique peste est redoutable encore,
Et son poison nous mine & toujours nous dévore;
Le Ciel y pourvut bien dans ces climats lointains,
Où des simples sans l'art étoient les médecins.
En transportant chez nous ces plantes salutaires,
Ils n'ont point eu l'effet des terres étrangéres;
Des maux Amériquains l'homme pestiféré,
Voit luire le flambeau d'un jour inespéré,

Il languit, le poiſon conſomme ſes entrailles;
Il ſe voit en lambeaux, attend ſes funérailles.
Combien furent perdus par ces poiſons nouveaux,
Et combien de nos jours deſcendent aux tombeaux?
Ferai-je le tableau de cet objet funeſte ?
Les exemples récens vous prouveront le reſte.
Mais nos maux ſont comblés par un deſtin fatal,
En tranſportant au loin tout notre art infernal :
L'appas de conquérir ſuſcite nos amorces,
Nous nous affoibliſſons en diviſant nos forces;
Nous rappellons envain nos ſoldats égarés,
Ils enfreignent les loix qui les a ſéparés.
Les Sauvages guerriers, leurs compagnons en poudre,
Apprennent bientôt d'eux l'art de lancer la foudre.
Nous ſommes écraſés de tout leur nombre affreux,
Ils vainquent nos Guerriers, qu'ils prenoient pour des Dieux,
Et le prix de leur ſang verſé dans cent batailles,
Peut-être eſt-il celui de deux ou trois murailles
Dont nous couvrons nos gens en un pays étroit,
Prêts à perdre en tout temps ce déplorable droit,
Qui pour le maintenir, en dépeuplant nos terres,
Nous met en proie aux maux des plus affreuſes guerres.
Mais à reſter chez ſoi quel plus louable ſoin,
Quand l'art & la nature accordent le beſoin
Conſidérons pourtant quels ſont les avantages
Que l'on peut retirer de ces fréquens voyages;
Dabord en tous climats l'ardeur de voyager,
Nous offre le commerce avec l'étranger :
Nos vaiſſeaux en bravant la tempête & les ondes,
Nous portent les tréſors de tous les nouveaux mondes;
Précieux à nos cœurs ils ont flatté nos ſens.
Ils nous rendent par-tout terribles & puiſſans,
Et c'eſt par leurs ſecours que l'Univers immenſe
Voit rouler dans ſon ſein la joie & l'abondance.
Avant que l'Eſpagnol ſubjugua le Chili,
On ignoroit par-tout l'argent de Potoſi,
Ce métal précieux, l'objet de notre envie :
L'or, à peine venoit des confins de l'Aſie,
Accuſer des pays en proie à leurs beſoins.
Qui déſiroient le prix de leurs précieux ſoins,
Un ſeul coin du Pérou, de ſon deſert immenſe,
Où rarement l'on vit naître l'humaine engeance,
Suffit pour nous porter des tréſors infinis,
Les nerfs de nos combats, de nos travaux le prix,

Et l'air en ſecondant, ſur les plaines liquides,
Nos vaiſſeaux enhardis à des courſes rapides,
Nous fit tirer bientôt de nos propres pays,
Par chaque nation diverſement conquis,
Les métaux précieux dont ſe ſervaient nos Peres,
Qu'on ignora toujours aux terres étrangeres.
Vous ne connoiſſiez pas la valeur de ces biens,
Farouches Méxiquains, trop bons Péruviens :
Vous nous avez permis d'en dépouiller vos terres,
Leur prix ſut allumer le flambeau de ces guerres,
Que ſe ſont fait alors d'avides conquérans,
Par le droit des combats devenus vos tyrans;
Vous avez reſſentis, par épreuves funeſtes,
Qu'on ne doit prophaner tous ces tréſors céleſtes,
Qui font germer chez nous les autres de Cérès,
Et que le fer, non l'or, doit fendre les guerets.
Si vous euſſiez connu tout ſon pouvoir immenſe,
Vous vous ſeriez trouvés en état de défenſe,
Vous auriez repouſſés les coups d'aventuriers,
Qui de tout votre argent ont ſoldé vos guerriers.
Ils vous ont bien appris la terrible ſcience,
Que l'homme rarement conſerve l'innocence,
Que quand on eſt muni contre l'homme & le ſort,
On n'appréhende point l'eſclavage & la mort.
Jours à jamais fameux, où par d'utiles pertes,
Le ſort nous enrichit de tant de découvertes,
Qui de nos paſſions en contentant les vœux;
A fondé le bonheur de nos propres Neveux,
Vous avez diſſipé par une connoiſſance,
Les voiles qui couvroient les yeux de l'ignorance.
Hélas! on ignoroit dans ces temps ténébreux,
Quelle étoit notre ſphere on croyoit par les yeux,
On ne connoiſſoit point cet inſtrument phyſique,
Qui du monde arrondi formant la méchanique,
A nos yeux étonnés préſente l'Univers,
Trace des chemins ſûrs deſſus le ſein des mers.
Des aſtres lumineux au ſoleil tout ſemblables,
Nous croyions les grandeurs lors incommenſurables;
On puniſſoit tous ceux qui vouloient s'y porter,
C'étoit même un forfait que d'y vouloir tenter.
Ou ſait que par ſon art le ſavant Galilée,
Suſcita contre lui l'ignorance zélée;
Il ralluma les feux d'un horrible corroux;
Qui lui portoient déja cent envieux jaloux.

De ſon grand art nommé Duvil, nom de Folie,
On imputoit l'effet à la ſorcellerie ;
Et ce fameux Savant fut conduit en priſon,
Comme un Magicien qui perdoit la raiſon.
On crut qu'on ne pouvoit ſans commettre de crimes
Ou pénétrer les cieux ou ſonder les abîmes.
Nous avons donc inſtruit ces fiers Amériquains,
Dans nos maux, ils nous ont donné de petits biens.
Et s'ils nous ont montré chez nous ce que la peſte
Peut avoir à nos yeux d'horrible & de funeſte,
Ils nous ont apportés du moins les guériſons,
Qui calmerent un peu les maux de leurs poiſons ;
Je vous ai donc fait voir ces triſtes avantages.
Qu'on tire des pays, objets de nos voyages :
Je vous en ai montré tous les malheurs conſtans :
Choiſiſſez, d'être en paix ou fortunés errans.

Choisissez d'expoſer vos beaux jours ſur les Ondes,
Ou de vivre dans vos climats :
Ne ſoyez point en proie à vos douleurs profondes !
Vous ceſſerez ſur mer d'affronter le trépas.

FIN.

www.ingramcontent.com/pod-product-compliance
Ingram Content Group UK Ltd.
Pitfield, Milton Keynes, MK11 3LW, UK
UKHW022158190726
13855UKWH00004B/1530

9 782013 088336